AF375833

LA MORT DE SOCRATE,

TRAGÉDIE

En trois Actes & en Vers,

Représentée pour la premiere fois sur le Théâtre François au mois de Mai 1763.

Par M. DE SAUVIGNY.

Le prix est de trente sols.

A PARIS,

Chez PRAULT le jeune, Libraire, Quai de Conti, vis-à-vis la descente du Pont-Neuf, à la Charité.

M. DCC. LXIII.

AVEC APPROBATION ET PRIVILEGE DU ROY.

LA MORT
DE SOCRATE,
TRAGÉDIE.

ACTEURS.

SOCRATE.

SIDIAS, Chef du Conseil.

ANITUS, Grand Prêtre.

CRITON, Ami de Socrate.

MELITUS, Ami d'Anitus.

XAMTIPE, Femme de Socrate.

LE GEOLIER.

PRESTRES.

JUGES.

Peuple.

Soldats.

Le lieu de la Scene est une Place publique d'Athènes:
d'un côté se voit le Temple de Cerès, de l'autre la Prison.

PRÉFACE.

C'est un coup d'essai que je présente au Public : j'ai besoin de son indulgence. Si j'ai commencé par un sujet aussi grave & aussi philosophique, c'est que je cherchois à former mon cœur encore plus que mon esprit. Quel charme pour un homme qui cultive les Lettres dans la solitude, que cette morale douce & insinuante de *Socrate* ! Heureux qui la médite, & qui en est vraiment pénétré ! Il jouit de la satisfaction intérieure, le seul bien qui soit réel.

Des Personnes d'un mérite distingué, me représenterent toutes les difficultés de mon sujet pour m'en détourner. La Tragédie, me disoient-ils, ne doit pein-

dre que des paſſions fortes ; *Socrate* eſt
un Philoſophe qui ſemble ne pas en avoir
eu : *Caton d'Utique* vous conviendroit
mieux.

Je balançai un moment ; mais je me
demandai à moi-même : quel eſt le but
moral qui réſulteroit d'une Tragédie
dont Caton ſeroit le Héros ? *Que l'on
fait bien de ſe tuer quand on eſt las de
vivre* ! Principe erroné , puiſqu'il eſt
contraire au bien général. Chaque mem-
bre de la Société contracte avec elle ,
en naiſſant , des engagemens qu'il ne lui
eſt pas permis de rompre.

Je revins à *Socrate* , mais ſans penſer
que ma Pièce dût jamais être jouée.

Le peu d'uſage que j'avois du Théatre ,
m'avoit fait hazarder beaucoup de cho-
ſes excellentes dans *Platon* , mais dépla-

cées dans une Tragédie ; j'en ai retranché une grande partie, peut-être en reste-t-il encore trop.

J'ai vû, aux repréſentations, qu'il fal-loit ſouvent ſacrifier l'Hiſtoire à l'effet théatral : on alloit deux fois aux opinions. *Socrate*, d'abord, ſe condamnoit lui-même à vivre au Prytanée, aux dépens de l'État : ce trait a déplu. Voici de quel-le façon je l'amenois.

Je prévois, en tremblant, le ſort qu'on me prépare ;
Non que mon cœur glacé craigne la faulx du Témps;
Tout prêt à ſucomber ſous le fardeau des ans,
Je vois en paix la borne où la mort vient m'attendre.
Ma vie eſt à l'Etat, vous pouvez la reprendre;
Mais je ſuis innocent, & mon cœur craint pour vous
Votre Juge & le mien, Dieu qui nous entend tous.

Pluſieurs prétendent que ce ſujet n'eſt pas aſſez théatral. Je crois que c'eſt plûtôt la faute de l'Ouvrage que celle du ſujet,

puiſqu'il excite la terreur & la pitié :
Au reſte, ſi cette Tragédie, toute foible
qu'elle eſt, peut m'attirer l'eſtime des
honnêtes gens, j'aurai atteint le premier
but que je me ſuis propoſé.

LA MORT
DE SOCRATE,

TRAGÉDIE.

ACTE PREMIER.

SCENE PREMIERE.

ANITUS, PRESTRES.

*Les uns sortent du Temple avec Anitus ; les autres arrivent
de différens côtés.*

ANITUS.

Nos vœux les plus ardents n'auront pas été vains ;
Amis, nous triomphons, Socrate est dans nos mains ;

A

Ce superbe Titan dont l'orgueil téméraire
Combattit quarante ans les Maîtres du Tonnerre ;
A pu braver leur haine & non pas mon courroux ;
Lui qui brisa leur foudre, est tombé sous mes coups.

UN PRESTRE.

Si j'en crois un bruit sourd, l'Athènien frivole
Foule aux pieds ce mortel dont il fit son idole ;
Mais comment, Anitus, a-t-on pu nous venger ?

ANITUS.

Dans le piége lui-même il vient de s'engager ;
Ministre de Cérès, pour la rendre propice,
J'offrois à la Déesse un sanglant sacrifice ;
Nos femmes, nos enfans, dans ce jour solemnel ;
Des plus riches présens couronnoient son Autel ;
Xantipe s'empressoit à suivre leur exemple,
Quand Socrate, accourant à la porte du Temple,
Où tournez-vous vos pas, lui dit-il, arrêtez,
Chère épouse, usez mieux des dons que vous portez ?
Vous voyez cette Troupe à vos pieds gémissante,
Elle leve, vers vous, une main suppliante ;
Il faut sécher les pleurs qui coulent de ses yeux :
Voilà, voilà l'encens qui doit flatter les Dieux.
Les dons sont faits pour l'homme, un cœur pur est
       L'offrande
Qu'à nous, foibles humains, l'Estre éternel demande.
Alors, en pâlissant, Xantipe l'écoutoit,
Au front de ses amis l'allégresse éclatoit.

Les Prêtres indignés, par un morne silence,
Témoignoient leur surprise ; il le voit, il s'avance,
Et partage soudain, entre ces Malheureux,
Des dons qui n'étoient faits, ni pour lui, ni pour eux,
Le Peuple en ce moment, trop lent à se résoudre,
Paroît glacé d'horreur, ou frappé de la foudre ;
Il ne sçait plus s'il doit se partager, s'unir,
Applaudir ou se taire, admirer ou punir.

UN PRESTRE.

Alors il étoit loin de remplir notre attente.

ANITUS.

J'éleve tout-à-coup une voix foudroyante :
Temblez, ingrats, tremblez, la Déesse en couroux,
Va retirer les biens qu'elle a versé sur vous ;
Un impie à vos yeux, dans son Temple, l'offence,
Sans embraser vos cœurs du feu de la vengence.
O Cérès, pourquoi suis-je un Ministre de paix,
Sa mort seroit déjà le prix de ses forfaits ?
Mais ce bras n'est point fait pour venger vos injures ;
Son sang est trop coupable, & mes mains sont trop
          pures.
A peine ai-je parlé, tout le peuple frémit,
De cent cris ménaçans le Temple retentit ;
On entoure Socrate, on le presse, on l'entraîne,
Sous cette voûte obscure où le retient ma haine.

UN PRESTRE.

Des Citoyens, Seigneurs, peu nombreux, mais puissans,
A cette idole encor prodiguent leur encens,

Socrate dans les fers n'en eſt que plus à craindre;
Criton tonne au Sénat & Criton doit le plaindre.
Songez que l'amitié.....

ANITUS.

Diſſipez votre effroi;
S'il a pour lui Criton, j'aurai pour moi la loi.
J'ai ſçu mettre ma tête à l'abri des orages;
J'ai des plus grands d'Athène obtenu les ſuffrages,
Le Conſeil eſt pour nous & même un Sénateur,
Mélitus, contre lui nous ſert d'accuſateur;
Portant un œil impie au fond du Sanctuaire,
Aux Prêtres, plus qu'aux Dieux, Socrate a fait la guerre.
De leurs dons à l'envi les crédules mortels,
Sans lui, viendroient encore enrichir nos Autels.
C'eſt par lui qu'en ce jour le vulgaire imbécile,
Contre les Dieux & nous leve un front indocile;
Mais de ſes Sectateurs par nos mains foudroyés,
Tout le Sang répandu va fumer ſous nos pieds.
Le Peuple ſur Socrate a groſſi la tempête,
Il l'a mis dans les fers, il demande ſa tête;
Hâtons ſa mort, qu'il tombe abbattu ſous nos coups;
Que ſon exemple apprenne à trembler devant nous.
C'eſt à vous maintenant de partager ma gloire,
Je n'ai fait que le vaincre, aſſurez ma victoire;
Qu'une ſainte fureur ſe répande en tous lieux,
Et s'il le faut, Amis, faites parler les Dieux.

SCENE II.

ANITUS *seul*.

QUE je goûte à longs traits l'espoir de la ven-
geance !
Ces lieux seront marqués du sceau de ma puissance.
Socrate va périr. Les citoyens tremblans
Viendront tomber aux pieds de nos autels sanglans.
Contre mon ennemi j'arme l'Aréopage,
Je veux qu'à mon pouvoir lui-même il rende hom-
mage;
Avant que son ivresse ait pu se ralentir,
Tandis qu'il me seconde, il faut l'anéantir.

SCENE III.

ANITUS, PRESTRES.

UN PRESTRE.

TOUT est changé, Seigneur, le trouble est dans
Athènes,
Le peuple de Socrate accourt briser les chaînes ;
Xantipe l'encourage & verse dans les cœurs
L'ardeur de le venger, sa haine & ses fureurs.

A ces premiers tranſports dérobez votre tête.
ANITUS.
Non. Voici le moment d'affronter la tempête.
Je connois ce vil peuple, ami, raſſurez-vous ;
Vous le verrez bientôt tomber à mes genoux.

SCENE IV.

ANITUS, PRESTRES, SIDIAS, CRITON, Peuple, Soldats.

Le peuple vient pour enfoncer la porte de la priſon.

UN PERSONNAGE.
Laisserons-nous gémir la vertu qu'on opprime ;
Dans un ſéjour infâme habité par le crime ?
SIDIAS.
Suſpendez vos clameurs, peuple ſéditieux.
Vous, ſoldats, écartez Xantipe de ces lieux.
ANITUS.
Du conſeil hoelien, chef auguſte & ſuprême,
Socrate fut aux fers condamné par vous-même ;
Vous ſavez de quel front cet inſolent mortel
Oſa braver Cérès juſques ſur ſon autel.
J'ai voulu, pour la rendre à nos vœux plus propice,
Offrir à la Déeſſe un nouveau ſacrifice,

TRAGEDIE.

L'encens s'eſt répandu, l'autel s'eſt ébranlé ;
Le Ciel s'eſt entr'ouvert & la terre a tremblé.
Par des ſignes affreux Athènes menacée,
Doit craindre ou doit venger la Déeſſe offenſée.

CRITON.

Socrate fut ſenſible aux pleurs du malheureux.
Eſt-ce en les imitant qu'on offenſe les Dieux ?

ANITUS.

Criton, ne ſervez point d'Egide à cet impie :
Le crime eſt fait, il faut que ſon trépas l'expie.

CRITON.

Vous verra-t-on toujours inſenſé, furieux,
Souffler impunément la diſcorde en ces lieux ;
Toujours on pourra donc ſaintement politique
Armer du fer des Loix le bras du fanatique.
Eh, quoi ! Tout impoſteur ſous ton nom, Dieu puiſ-
     ſant,
Aura le droit affreux de perdre un innocent ?
Hélas ! ſi quelquefois un malheureux t'offence,
S'il étouffe en ton ſein la voix de la clémence,
Ton tonnere qui gronde au-deſſus des mortels,
Ne ſuffiroit-il pas pour venger tes autels !

ANITUS.

Peuple, vous entendez cet horrible langage,
De l'ennemi des Dieux reconnoiſſez l'ouvrage.
C'eſt ainſi que Socrate, inſecte audacieux,
Leve contre le Ciel un œil ſéditieux ;

A iiij

Cependant, fa rempante & facrilége adreffe
Le rendit autrefois l'oracle de la Grece.
Loin de vous éclairer, c'eft lui qui pour jamais
A banni de ces lieux l'innocence & la paix,
Sous le voile impofant de la philofophie,
Du foufle de l'erreur infeéta la patrie,
Des Miniftres des Dieux anéantit les droits,
Renverfa les autels & fit taire les Loix.

CRITON.

Que vous connoiffez mal un Philofophe, un fage,
Les troubles, les complots ne font pas fon ouvrage;
La paix eft le feul but qu'il propofe aux mortels;
Il combat des erreurs fans brifer des autels.
Imitateur de l'Etre éternel & fuprême,
Il a fait des heureux, il dût l'être lui-même.
Simple dans fes dehors, modefte en fes difcours,
Les vertus qu'il enfeigne, il les fuivit toujours.
Il plaint qui le noircit, pardonne à qui l'opprime;
Son nom fait fon malheur, fa gloire fit fon crime.
Aux complots des méchans, n'oppofant que fes
        moeurs,
A force de vertus il fubjugua les coeurs.
De fes bienfaits fitôt peut-on perdre l'idée?
Quand nos beliers fappoient les murs de Potidée,
Du jeune Alcibiade, il a fauvé les jours.
Dans la paix, dans la guerre, il nous fervit toujours;
Aux champs de Delium, théâtre de fa gloire,
Où le Beotien nous ravit la viétoire.

On l'a vû du foldat rallumant la valeur,
Enlever Xenophon dans les bras du vainqueur ;
On l'a vû s'oppofant à tout l'Aréopage,
Du peuple mutiné faire avorter la rage.
Faut-il vous rappeller des défaftres plus grands ?
Sparte qui nous vainquit nous donna des tirans ;
Tout trembloit devant eux ; la malheureufe Athène,
N'offroit à nos regards qu'une fanglante arène ;
Lui feul ofa marcher au-devant du trépas :
Lui feul à la vengeance encouragea nos bras.
Ah, loin de nous couvrir d'une tache éternelle,
En fuivant une haine injufte & criminelle,
Changeons pour fes vertus, pour fes exploits guerriers,
Sa prifon en un temple, & fes fers en lauriers !

ANITUS.

Qu'ai-je entendu, Criton ? quel horrible blafphême !
Vous ofez devant nous infulter au ciel-même ?
Que dis-je, vous ofez dans vos vœux criminels,
Demander pour Socrate un Temple & des Autels ?
On eft donc innocent pour être téméraire ?
Quoi ! pour quelques exploits que l'audace fait faire,
On pourra fe livrer à des forfaits affreux ?
Quand on fert les mortels on peut braver les Dieux ?
Le Ciel a par ma voix demandé fa victime ;
S'oppofer à fa mort qu'il juge légitime,
C'eft attirer fur nous un opprobre éternel :
Qui tolere le crime eft déja criminel.

Allons, en attendant une prompte vengeance,
Purifier des lieux qu'a souillé sa préfence.
(*Anitus entre dans le Temple fuivi des autres
Prêtres & d'une partie du Peuple*).

SCENE V.

CRITON SIDIAS, le refte du peuple.

CRITON *vivement.*

ARrêtez, citoyens, vous étiez fon appui,
Vous reclamiez fes droits, vous vous armiez pour
   lui.
Quel caprice infenfé tout-à-coup vous entraîne
De l'eftime à l'horreur, de l'amour à la haine ?
Le croirai-je, un vieillard blanchi dans les vertus,
Vous l'ofez foupçonner fur la foi d'Anitus ?
Malheureux, c'eft par vous qu'on l'admire & qu'on
   l'aime !
Ofez-vous démentir & la terre & vous-même ?
Que diroient tous les Grecs ? Que diroit l'univers ?
Non, la gloire & l'honneur à vos cœurs font trop
   chers :
Non, vous connoiffez trop & Socrate & fa vie,
Pour fouffrir qu'il périffe en proie à l'infamie.
Vous n'irez point flattant un injufte courroux,
Efclaves d'Anitus, ramper à fes genoux,

Abandonner, trahir, perſécuter un ſage,
Qui durant quarante ans mérita votre hommage.
    à Sidias.
Pere de la Patrie, appui ſacré des Loix,
Du juſte qui gémit entendez-vous la voix?
Vous ne répondez-pas! Quoi, Sidias lui-même
Aide à perſécuter l'innocence qu'il aime!
Eſt-ce là ce qu'on doit au ſort des malheureux?

S I D I A S.

Je ne dois que ma haine à l'ennemi des Dieux.
De leurs Miniſtres Saints la voix s'eſt fait entendre;
C'eſt en vain que contre eux vous voulez le défendre.
Contre tous vos diſcours je dois être affermi,
Criton, je ſuis ſon juge & non-pas ſon ami.

C R I T O N.

Quelle prévention aveugle, inconcevable,
Etend donc ſur vos yeux ſon voile impénétrable?
Si le ciel qui ſur lui déploya ſa rigueur,
Vous ouvroit comme à moi les replis de ſon cœur!
Votre eſprit, Sidias, ami de la droiture,
Rejetteroit des bruits qu'a ſemé l'impoſture.
Je l'aime: mais un nœud par l'eſtime affermi
Ne peut point ſur un crime abuſer un ami.
Sur ce ſage opprimé plus l'amitié m'éclaire,
Et plus il me paroît au-deſſus du vulgaire.
Je crois voir dans Socrate un favori des Dieux,
Qui par ſon propre vol élancé dans les cieux,

Imita Promethée, & d'une main hardie,
Alluma le flambeau de la philofophie.
C'eſt par lui que la flamme en réjaillit ſur nous;
Mais fait-on des heureux ſans faire des jaloux?
Malgré leur haine injuſte, il eſtime, il revère
Des Miniſtres des Dieux le ſacré caractere.
Il n'eſt point à leur char en efclave enchaîné;
Mais par l'amour du vrai ſon cœur eſt entraîné;
Mais il a diſtingué, pour ſon malheur peut-être,
La loi d'avec l'abus, l'homme d'avec le Prêtre.
Le Pontife Anitus, qui l'accuſe aujourd'hui
L'encenſoir à la main, s'eſt courbé devant lui;
Il a pour l'éblouir inventé des miracles,
Prodigué des honneurs, fait parler les oracles:
Son cœur d'un vain encens fut toujours peu flatté:
Il n'a pû le ſéduire, il l'a perſécuté:
Exalant contre lui le venin du parjure,
Il a de vils témoins conduit la langue impure:
Au pied du Tribunal où s'aſſied la Vertu,
Le fourbe eſt triomphant, le juſte eſt abbatu.

SIDIAS.

Criton, avec douleur, je viens de vous entendre,
Quand l'ombre de la nuit ſur nous viendra s'étendre.
Vous verrez le Conſeil aſſemblé dans ces lieux,
C'eſt à lui de juger entre vous & les Dieux.

Le peuple ſort.

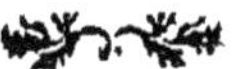

SCENE VI.

CRITON, *seul.*

NE fermons pas encor mon ame à l'espérance ;
Le fanatisme en vain méconnoît l'innocence,
Osons faire à ses yeux briller la vérité.
Il est des Senateurs dont l'austère équité
Contre l'hypocrisie arme l'Aréopage,
Et fait du fourbe adroit démasquer le visage ;
Voyons-les ! Ah sans doute un juste infortuné
Des mortels vertueux n'est point abandonné.
Opposons la douceur aux fureurs d'un barbare,
C'est ainsi qu'on ramene un peuple qui s'égare.

Fin du premier Acte.

ACTE II.

SCENE PREMIERE.

ANITUS, MELITUS.

ANITUS.

Voici le lieu, l'instant où ce fier séducteur,
Socrate va tomber aux pieds de son vainqueur.
Tout prêt à triompher, quel vain effroi t'agite,
Mélitus ? tu frémis, ton ame est interdite !

MELITUS.

Mon cœur t'est dévoué, je t'ai donné ma foi ;
Tu hais Socrate, ami, je le hais comme toi :
Mais sa mort est pour nous de trop peu d'importance,
Va, crois moi, son exil sera notre vengeance.

ANITUS.

Est-ce toi qui me parle ? Est-ce à moi, justes Dieux !
Je ne puis retenir mes transports furieux ;
Cette lâche pitié m'indigne & m'épouvante,
Connois-tu bien Socrate, ame foible & changeante ?
Pense-tu qu'on dédaigne un homme tel que lui ?

MELITUS.

Tu l'eſtimes ?

ANITUS.

Sans doute.

MELITUS.

Et tu le craindrois ?

ANITUS.

Oui.

MELITUS.

Et tu peux le penſer & l'avouer ?

ANITUS.

N'importe ;
Plus mon eſtime eſt grande & plus ma haine eſt forte.
L'orgueilleux aſcendant qu'il a ſur les eſprits,
Peut enfanter la haine & non pas le mépris.
Sous le poids du malheur, l'éclat qui l'environne ;
Me bleſſe preſqu'autant que ſon génie étonne ;
Ce n'eſt pas ſans ſujet que je veux ſon trépas,
La fureur me tranſporte & ne m'aveugle pas.
Tu ſais par quels dégrés cet obſcur ſtatuaire,
A détourné ſur lui les regards de la terre.
Lui qu'on voyoit au rang des plus vils Plébéïens ;
Sembloit fouler aux pieds les honneurs & les biens ;
A l'entendre, à le voir, s'empreſſa la jeuneſſe.
Sous un maſque impoſant qu'on prit pour la ſageſſe ;
Il ſçut inſinuer ſes principes, ſes mœurs ;
Il formoit les eſprits, il façonnoit les cœurs.

Sur les Dieux & sur nous alors sa langue impie
Epanchoit sourdement les poisons de l'envie ;
Mais dès que son pouvoir s'affermit dans ces lieux ;
L'audace se fixa sur son front orgueilleux.
Tu le vois, chaque jour, il nous brave, il blasphême ;
Il ose nous poursuivre aux pieds de l'Autel même,
Dans l'ombre de l'école il s'arme contre nous,
Peut-être à son pouvoir mesure-t-il ses coups.
Mélitus, que ses traits retombent sur sa tête,
Et tournons contre lui la mort qu'il nous apprête.

MELITUS.

Te l'avourai-je, avant d'avoir lu dans ton cœur,
Le seul nom de Socrate excitoit ma fureur.
Je brûle d'abaisser son orgueil indomptable,
Mais son bienfait affreux est un poids qui m'accable.
Quand des tyrans de Sparte on affranchit ces lieux,
Tout le peuple vouloit me confondre avec eux ;
Ce fût lui, tu le scais, dont la voix généreuse,
Calma des citoyens la rage impetueuse,
Il a sauvé mes jours :

ANITUS.

Pour les empoisonner :
L'affront qu'il nous a fait, peux-tu le pardonner ?
Ministres des Autéls & l'apui de ton pere,
Clitus, mon tendre ami, ton déplorable frere
En lui trouva son juge, ou plutôt son bourreau ;
C'est lui qui dans l'exil a marqué son tombeau.

Ah !

MELITUS.

Ah ! sans doute, Anitus, ma haine est implacable,
Mais Socrate étoit juge, & Clitus fut coupable,

ANITUS.

Tu sçais que le Conseil sans lui l'auroit absous ;
Juge de son pouvoir & préviens son courroux,
Lui, qui devant tes pas écarta la tempête,
Du fond de son exil feroit tomber ta tête.
Le Conseil est pour nous, tout y fléchit sous toi ;
Tout change, un jour Criton doit y donner la loi ;
Socrate est son ami, son conseil & son maître.
Si le peuple est calmé son parti va renaître :
Alors nous reverrons plus puissant & plus vain,
L'insolent dont un mot va régler le destin.
Veux-tu voir à ta place un rival qui te brave ?
Veux-tu parler en maître ou trembler en esclave ?
Et, qui t'a dit qu'un jour l'espoir d'être vengé,
S'il revient, sortira de son cœur outragé ?
Peut-être qu'il voudra, pour prix de ta clémence,
De ton sang & du mien abreuver sa vengeance ;
Peut-être on le verra, dans sa haine pour nous,
Jusques sur nos neveux étendre son courroux.
Crois moi, tout homme, ami, qui reçoit une injure,
Doit rester sans vengeance, ou choisir la plus sûre.

MELITUS.

Garde-toi de penser que foible en ma fureur
J'embrasse aveuglément les transports de ton cœur ;

B

J'en crois ma juste haine, & non pas ta colere;
Son exil me suffit, il vengera mon frere.
Des coups les plus affreux dût m'accabler le fort;
Ainsi, je veux sa honte & ne veux point sa mort.

ANITUS.

Que dis-tu? ... Mais déja le peuple ici s'assemble;
Mélitus, songe au noeud qui nous unit ensemble.

SCENE II.

ANITUS, SIDIAS, CRITON, MELITUS, PEUPLE, JUGES, PRESTRES, ACCUSATEURS.

MELITUS *à Sidias*.

QUE Socrate à l'aspect de ses accusateurs,
Vienne justifier & son culte & ses mœurs.

CRITON.

Qu'entens-je?

SIDIAS.

C'est assez ... Que Socrate paroisse.

CRITON.

O sort! C'est donc ainsi que ta main nous abaisse:
Est-ce vous, Melitus, qui contre un bienfaiteur,
Oserez vous charger du nom d'accusateur?

Socrate en ce lieu même a fauvé vôtre vie ,
Il y verra par vous la fienne pourfuivie :
C'eft vous qui demandez l'arrêt de fon trépas ,
Faut-il que des bienfaits tombent fur des ingrats !
Eh ! Que te fervoit-il d'emploïer tant d'adreffe ,
Pour perdre un citoyen qui n'a que fa fageffe ;
Eft-ce en troublant l'Etat que tu crois plaire aux Dieux ?
Melitus , la vertu ne rend pas furieux.

(*Socrate paroît.*)

Regarde de quel front ta victime s'avance ,
La paix eft dans les cœurs où régne l'innocence.

SCENE III.

Les mêmes. SOCRATE.

ANITUS.

NOus t'invoquons, Minerve, ô toi qui dès longtems
Daigne jetter fur nous tes regards bienfaifans ;
Et toi, fier Souverain du Ciel & de la Terre ,
Léve ton bras puiffant, allume ton tonnerre ,
Et fi la bouche ici peut démentir le cœur,
Tombe à l'inftant fur nous ton foudre deftructeur.

MELITUS.

Pontifes , Sénateurs , & vous peuple d'Athêne ,
La fuperftition, l'intérêt ou la haine ,
N'ont point guidé mes pas dans ces auguftes lieux ,
Ce font d'autres objets , ma Patrie & mes Dieux.

Maintenant fous le nom de la Philofophie,
Marche à front découvert l'impiété hardie;
Elle foule à fes pieds les autels & les loix,
Et la licence infâme applaudit à fa voix;
Si nous ne détruifons ce monftre en fa naiffance,
Il va nous accabler du poids de fa puiffance ;
Et fous le voile adroit de réforme & de mœurs,
De fon poifon funefte infecter tous les cœurs.
Aveuglement fatal, trifte effet du délire,
Foibles mortels, hélas! Nous nous laiffons féduire
Toujours par l'apparence & par la nouveauté;
Moi-même qu'abufoit un dehors apprêté,
J'ai cru long-tems Socrate un célefte émiffaire
Defcendu parmi nous pour éclairer la terre.
A fes hautes vertus quand Delphe applaudiffoit,
Quand de fon nom le monde au loin retentiffoit,
Son ame de fa gloire alors trop enyvrée,
Fut par l'Ambition tout-à-coup dévorée :
Alors il publia qu'un des enfans des Dieux,
S'exprimoit par fa bouche & voyoit par fes yeux :
Cependant uniffant la folie au blafphême,
Favorifé du Ciel, il brava le Ciel même ;
Son penchant fut fa loi, fon Dieu fut la raifon,
Le culte une foibleffe, & la patrie un nom.

SOCRATE.

Je ne reconnois point ces Etres fantaftiques,
Ces Dieux, l'effroi du peuple, inftrumens politiques,

Dont on fait des tyrans injuftes & jaloux ;
Plus cruels, plus changeans, & plus foibles que nous.
Il eft un Dieu puiffant, dont la main étenduë
Tient au milieu des airs la terre fufpendue ;
Le fouffle de fa voix enfanta l'Univers,
Dans le centre du monde il creufa les enfers ;
Il plaça fous fes pieds ce flambeau tutélaire,
Ce feu qui nous foutient, ce jour qui nous éclaire.
L'intérêt, feul reffort qui meut tous les mortels,
Par efpoir & par crainte éleva fes autels ;
L'ignorance enfanta tous ces cultes bizarres,
Et ces loix qui fouvent nous ont rendus barbares.
Victimes de l'erreur, joüets de nos penchans ;
Hélas ! Nous fommes nés plus foibles que méchans.
Ce n'eft point par l'amour d'une vaine fcience,
Que j'ai voulu brifer le joug de l'ignorance :
On ne m'a jamais vû d'un vol audacieux,
Le Compas à la main m'égarer dans les Cieux ;
Je ne cultive point tous ces Arts inutiles,
Ces frivoles enfans du luxe de nos Villes.
J'ai voulu, pour fortir des piéges de l'erreur,
Approfondir mon Être & rentrer dans mon cœur :
Alors je me fentis infpiré de Dieu même,
Pour rendre un jufte hommage à fa grandeur fuprême,
Pour offrir à vos yeux la vérité, la paix,
L'amour de la fageffe & l'horreur des forfaits.

Biij

MELITUS.

Quel fruit nous a produit cette vaine fageffe ?
Elle a femé le trouble & l'erreur dans la Grece.
Socrate vous féduit, & cependant fa voix
Enfeigne la révolte & le mépris des loix,
Affranchit les enfans du joug facré des peres ,
Releve des erreurs, peut-être, néceffaires ,
Combat des préjugés qu'on n'efface jamais ,
Veut donner la fageffe & vous ôte la paix.

SOCRATE.

Qui, moi, j'aurois troublé la paix de ma Patrie ?

MELITUS.

Vos difciples, Socrate, ont fait plus, l'ont trahie ;
On fçait qu'Alcibiade ainfi que Critias,
Nourris dans votre école, ont marché fur vos pas ;
Leur vertu répondit à ce généreux zèle,
L'un fut notre tyran, l'autre fut un rébele.

SOCRATE.

Le fuccès à nos vœux ne répond pas toujours ;
Parmi ceux qui prêtoient l'oreille à mes difcours ,
Il fut plus d'un méchant, comme il fut plus d'un
    fage ;
Leurs vices, leurs vertus ne font pas mon ouvrage.
Si j'ai bravé les Loix, renverfé les Autels,
Arraché vos enfans de vos bras paternels,
Alteré, corrompu leur crédule innocence,
O vous qui m'entourez appellez la vengeance !

Respectables vieillards, pressez, hâtez ma mort ....
Mais non, je vous vois tous attendris sur mon sort,
Et vous, membres sacrés de ce Sénat auguste,
Je vous découvre un cœur inébranlable & juste.
Que de vils criminels du suplice effrayés
Prosternent devant vous leurs fronts humiliés :
Sans m'abaisser comme eux j'attendrai ma sentence,
La crainte ne doit point avilir l'innocence.

MELITUS.

De ses fausses vertus l'appareil fastueux,
D'Athènes trop long-tems sçut éblouir les yeux :
C'est à vous maintenant d'éclairer le vulgaire,
Sénateurs, que l'exil soit son juste salaire.

ANITUS.

Quoi l'exil ! est-ce ainsi qu'on venge les Autels ?
Est-ce ainsi qu'on punit des complots criminels ?
Démasqué dans Athène & non pas dans la Grece,
Il séduira toujours par sa feinte sagesse.
Son exil va grossir ses hardis Sectateurs,
La persécution met un prix aux erreurs.
Si la cause des Dieux, Sénateurs, vous est chère,
Du glaive de Thémis frappez un téméraire.
Prévenez par sa mort ....

CRITON.

Arrête, & connois-moi,
Socrate est mon ami, sa conduite est ma loi ;
Ses crimes sont les miens, & s'il faut qu'il périsse,
Je veux que le Sénat ordonne mon supplice.

Prononcez, Sénateurs.

(On va aux opinions).

S I D I A S.

Le Conseil par ma voix,
Vous condamne à la mort comme rébelle aux Loix.

C R I T O N.

Eh bien, pour m'accabler que tardez-vous encore ?
La vie est désormais un fardeau que j'abhore.
Sénat, je t'abandonne à ce vil séducteur ;
Athènes je te fuis, tes murs me font horreur.
S'il me faut séparer du vertueux Socrate,
Tonnez Dieux tout-puissans sur ma patrie ingratte ?
Qu'en éclairant la mort du plus grand des mortels,
La foudre embrase Athènes & ses murs criminels.

S O C R A T E.

Eh quoi, votre vertu, Criton, s'est démentie,
Respectez le Sénat, chérissez la patrie.
Je naquis pour mourir, l'arrêt de mon trépas,
Vient de mouvrir la tombe où j'allois à grands pas.
J'y descend, & mon cœur n'en est que plus tranquile ;
La vie est un passage & la mort un azile ;
Son image à nos yeux sans cesse doit s'offrir ;
Qui cherche à vivre heureux, apprend à bien mourir.
O vous tous dont la bouche a dicté ma sentence,
Vous connoîtrez, sans doute, un jour mon innocence :
Puisse mon sang versé pour l'intérêt des Cieux,
Faire multiplier les Sages dans ces lieux.

Que l'immortel flambeau de la Philofophie;
S'élevant par degré du fein de ma patrie;
Etende fa lumiere au bout de l'Univers,
Et faffe le bonheur de cent peuples divers.

S C E N E   I V.

CRITON, SOCRATE.

SOCRATE *retenant Melitus par le bras.*

Melitus, mon trépas fera donc votre ouvrage?
Ecartez, Dieu puiffant, un finiftre préfage.
Athènes peut donner des regrets à mon fort,
Puiffe-t-elle fur vous ne pas venger ma mort,
Vous vouliez me ravir fon amour, fon eftime
Vous avez triomphé, je fuis votre victime;
Vos regards vont jouir de mes derniers inftans,
Mais la vérité refte & l'erreur n'a qu'un tcms.

CRITON.

Melitus à pleurer a donc pû me contraindre?

SOCRATE.

Criton, fi vous pleurez que ce foit pour le plaindre.

CRITON.

Ah! Je plains la vertu quand le crime eft heureux,

SOCRATE.

Croyez-moi, le bonheur eft d'être vertueux.

CRITON.

Mais mourir innocent .... ô mort trop déplorable !

SOCRATE.

Eh quoi, voudriez-vous me voir mourir coupable ?

SCENE V.

MÉLITUS *seul.*

Qu'ai-je fait .... de quels traits mon cœur est-il
atteint ?
C'est moi qui l'assassine, & c'est lui qui me plaint ;
Et j'ai pu concevoir cette affreuse pensée ....
Monstre d'ingratitude en ta fougue insensée,
Tu n'es que l'instrument du courroux d'Anitus ;
Tu foules tout aux pieds, devoirs, bienfaits, vertus.
Pourquoi ? pour n'écouter que la haine & l'envie ...
Il a sauvé tes jours & tu proscris sa vie.

SCENE VI.

ANITUS, MÉLITUS.

ANITUS.

Enfin, nous pouvons donc nous flatter de sa
mort ?
Ami, sans toi, peut-être, il triomphoit encor.

MELITUS.

Cruel ! tu m'as rendu traître, ingrat & parjure ;
L'opprobre des humains, l'horreur de la nature.
Ne flatte pas encor ton cœur d'un vain succès,
Mon œil perce la nuit qui couvre tes secrets ;
Ce n'est qu'en frissonnant que je les envisage,
Tremble, si je ne puis le souftraire à ta rage.
Je serai son vengeur, je serai ton bourreau,
Nous expierons tous deux sa mort sur son tombeau.

ANITUS.

Quoi donc, à cet excès la douleur vous égare !
Outrager un ami !

MELITUS.

Moi ton ami, barbare !
Que mon bras ne peut-il, ame lâche & sans foi,
Confondre, anéantir des amis tels que toi !
Que les Cieux soient vengés, que la terre en frémisse !
Ou pour te souhaiter un plus cruel supplice,
Un tourment dont jamais rien n'égala l'horreur,
Que mon affreux remords passe au fond de ton cœur ;
Que l'enfer tremble aux cris de ta douleur profonde ;
Que la mort les entende & jamais n'y réponde !

ANITUS.

Pourquoi me fuyez-vous, où tournez-vous vos pas ?
Melitus.... écoutez.... Mais il ne m'entend pas ;
Ménageons un ami foible, mais nécessaire ;
S'il va de mes secrets dévoiler le mystère,

Il peut ſauver Socrate, il rompt tous mes projets;
Je perds en un inſtant le fruit de mes forfaits.
Allons rendre le calme à ſon ame interdite,
Aſſurer ma vengeance ou préparer ma fuite.

Fin du deuxième acte.

ACTE III.

SCENE PREMIERE.

XANTIPPE, LE GEOLIER.

[Socrate endormi dans le cachot]

XANTIPPE.

GUIDE mes pas tremblans, seul ami que j'im‑
plore,
Dans ces murs abhorrés, le crime veille encore.
Cher époux, tendre objet de douleur & d'effroi,
L'allarme est en tous lieux, la paix est avec toi.
Il dort.... en frémissant tu détournes la vue :
Hélas ! à son aspect ton ame est donc émue.
Il est un sentiment sublime & généreux,
Que nous inspire un homme illustre & malheureux;
Sur-tout, quand son malheur naît de son innocence.
Il t'arrache des pleurs, je le vois... la Sentence
Dont le fourbe Anitus est l'execrable auteur,
Comment as-tu donc pu l'entendre ?

LE GEOLIER.

Avec horreur !

XANTIPPE.

Eh bien! à ta Patrie ofe épargner un crime;
Deviens le bienfaiteur du jufte qu'on opprime;
Ofe rompre fes fers.

LE GEOLIER.

Oui, je fens qu'aujourd'hui,
Le Ciel même; le Ciel s'intéreffe pour lui.
J'ai vu de Mélitus le repentir fincère;
Je l'ai vu détefter fon complot fanguinaire.
Ses larmes, fes fanglots, fes remords, fa douleur
Viennent de faire entrer la pitié dans mon cœur.
Pour la fuite fes foins ont devancé l'aurore,
Tout eft prêt, il m'attend; mais Socrate l'ignore.
Par la honte abbattu, Mélitus aujourd'hui
N'a pas encor ofé paroître devant lui.
Et je viens.....

SCENE II.

LES MESMES.

SOCRATE *fe réveillant.*

Dieu du Ciel, éternelle Puiffance;
Socrate qui t'adore, implore ta clémence;
C'eft en cet heureux jour que le flambeau des Cieux,
Pour la derniere fois, va briller à mes yeux!

XANTIPPE.

Non, vous ne mourrez pas, les champs de Thessalie
Me répondront bien-tôt d'une si chère vie.
Fuyons.

LE GEOLIER *voulant ôter les fers de Socrate.*

Vous êtes libre.

SOCRATE *l'en empêchant.*

Est-il quelques climats
Où l'on puisse échapper à la faulx du trépas ?

XANTIPE.

Cruel ! que faites-vous ? laissez briser vos chaînes ;
Les momens nous sont chers ; éloignons-nous d'A-
      thènes.
Sachez que Mélitus honteux, désespéré,
Vient de trouver pour vous un azile assuré ;
Que dans la juste horreur qui maintenant l'anime,
A la face du Ciel il abjure son crime ;

SOCRATE.

Son cœur s'est repenti ? Je suis moins malheureux ;
Puisse le Ciel propice exaucer tous mes vœux.
Il est donc vrai, grand Dieu, ta bonté secourable
A jetté sur Socrate un regard favorable.

XANTIPPE.

Sans doute, cher époux, un Dieu vous tend les bras ;
Venez.

SOCRATE.

La loi, Xantipe, enchaîne ici mes pas.

XANTIPE.

Des complots des méchans quand on est la victime,
On doit s'en affranchir.

SOCRATE.

Le puis-je par un crime ?

XANTIPE.

Quoi, sauver l'innocence est un crime à vos yeux ?

SOCRATE.

La loi l'ordonne ainsi, la loi nous vient de Cieux.

XANTIPPE.

Mais d'affreux suborneurs trompent l'Aréopage ;
Il faut donc . . . .

SOCRATE.

Obéir, c'est le devoir du Sage.

XANTIPPE.

Et vous voulez . . . .

SOCRATE.

A tout, mon cœur est résigné.

XANTIPPE.

Mais il est innocent.

SOCRATE.

Mais je suis condamné.

XANTIPPE.

Faudra-t-il que le fourbe ose avec arrogance,
Sous un pied sacrilége, écraser l'innocence ?
croira-t-on que, pouvant éviter sa fureur,
Vous vouliez, à ses coups, présenter votre cœur ?

Non ;

Non, rien n'égaleroit l'affreufe ignominie,
Dont ce lâche attentat couvriroit la patrie.
Songez que votre mort attireroit fur nous
Tous les foudres vengeurs du célefte courroux.
Pour vos Concitoyens, pour vous, pour votre gloire,
Privez donc Anitus du fruit de fa victoire;
Et, fi l'Aréopage à pu fe démentir,
Accordez-lui du moins le temps du repentir,

SOCRATE.

Votre amitié m'eft chère, & mon ame attendrie,
Xantipe, en ce moment, partage votre envie;
Puiffe le Ciel payer des foins fi généreux!
Mais voyez fi je dois favorifer vos vœux,
Ce n'eft ni l'amitié, ni l'amour, ni la gloire;
C'eft la feule équité que Socrate en peut croire.

[au Geolier.]

Nous permet-elle, ami, de rompre à notre gré,
Un ferment qui, pour nous, eft un lien facré?

LE GEOLIER:

Non.

SOCRATE.

C'eft donc faire au Ciel la plus fenfible injure,
Que d'attendrir un cœur pour le rendre parjure.

à fa femme.

S'il eft vrai; pourquoi donc corrompez-vous la foi
Du mortel dont les yeux doivent veiller fur moi;

C

Et que lui fait ma mort injuſte ou légitime,
S'il ne peut de ces lieux m'arracher ſans un crime ?
Ami, croyez-en moins la pitié que les loix,
On n'eſt point équitable & parjure à la fois.

LE GEOLIER.

Hélas ! tant de grandeur rend mon ame étonnée ;
On n'a point corrompu la foi que j'ai donnée ;
C'eſt la ſeule vertu qui me parle pour vous,
Socrate, & qui me fait tomber à vos genoux ;
Mon cœur s'ouvre, il ſuccombe à ſes triſtes alarmes :
Laiſſez briſer des fers arroſés de nos larmes.
Je vous ſuivrai. J'irai loin d'un Ciel corrompu,
Où le vice orgueilleux foule aux pieds la vertu,
Où je vois triompher le crime que j'abhorre ;
Enfin, où je punis la vertu que j'honore.
Voulez-vous me réduire au déſeſpoir affreux,
De vous voir par ma main expirer à mes yeux !

XAMTIPE.

Non, votre cœur n'a point cette vertu farouche ;
Que rien ne peut fléchir, qu'aucun malheur ne tou-
    che ;
Toujours il fut ſenſible à la tendre amitié :
Quoi, ne voudroit-il plus s'ouvrir à la pitié ?
Hélas ! dois-je vous voir injuſte envers vous-même,
Porter le coup mortel à ce cœur qui vous aime ?
Ces gages de nos nœuds, l'eſpoir de vos vieux ans,
Vous les abandonnez vos malheureux enfans !

La vie eſt après vous le ſeul bien qui leur reſte ;
Leur vendrez-vous ſi cher un préſent ſi funeſte ?
La raiſon entr'ouvrant leurs yeux chargés de pleurs ;
Ne peut qu'éternifer leur honte & leurs douleurs.
En redoublant l'horreur de leur ſort déplorable ,
Les tyrans conjurés , dont la main vous accable ,
Leur feront déteſter des jours trop malheureux.
Ah ! Si ce n'eſt pour vous, au moins vivez pour eux.

(Un Eſclave préſente les enfans de Socrate.)

Paroiſſez , chers enfans , peut-être que vos larmes
M'offriront contre lui de plus puiſſantes armes !
Où bien, ſi le barbare eſt ſon propre bourreau,
Au moins nous deſcendrons dans le même tombeau !
Approchez ! Secondez une mere expirante ,
Uniſſez vos ſanglots à ma voix défaillante :
Si l'amitié , le ſang ont ſur vous quelques droits ;
Vos parens, vos amis vous parlent par ma voix,
Ils ſont à vos genoux vous leur devez un pere ,
Un époux, un ami ſenſible à leur miſere.
Pouvez-vous d'un œil ſec contempler à vos pieds
Xamtipe & vos enfans dans leurs larmes noyés ?
Mes lamentables cris , mon déſeſpoir horrible
N'adouciront-ils pas votre cœur inflexible !

SOCRATE.

Ceſſez de déchirer le cœur de votre époux ,
Laiſſez-moi mes enfans, Xamtipe, levez-vous.

(Au Geolier.)

Vos devoirs ſont ſacrés , ami , l'heure eſt venue,

Allez pour mon trépas préparer la ciguë.
Dites à Melitus que je bénis mon fort,
Puifqu'on l'a vû verfer des larmes fur ma mort;
Que le Ciel fatisfait d'un repentir fincère,
Ne nous punira point en tyran, mais en pere;
Et que fi mes fouhaits font exaucés des Cieux,
Il fera toujours jufte & jamais malheureux.

SCENE III.

SOCRATE, XAMTIPE.

XAMTIPE.

NOn, jamais tu n'aimas, jamais de la nature
Ton cœur féroce & dur n'écouta le murmure;
Jamais les cris du fang, l'amour, ni l'amitié
N'ont arraché de toi la plus foible pitié.
A la peine, au plaifir ton ame inacceffible,
Se fait une vertu de refter infenfible.
D'un œil indifférent tu vois couler nos pleurs,
Tu croirois t'avilir en plaignant nos douleurs,
Cruel! l'humanité dégraderoit ton ame,
La gloire eft ton tyran, la vanité t'enflame!
Une époufe éplorée & des fils malheureux,
Sont des objets trop bas pour ton cœur orgueilleux.
Ou plûtôt en fecret tu t'applaudis, barbare,
Quand la mort, d'avec nous, pour jamais te fépare.

Nos larmes, nos fanglots , nos tourmens ; notre
    effroi,
Ce qui fait nos malheurs eft un plaifir pour toi.
Oui, cruel ! Loin de moi c'eft ton cœur qui t'en-
    traîne ;
Dès long-tems ton époufe eft l'objet de ta haine.
Et fi devant mes yeux tu dédaignes ton fang ,
C'eft pour être forti de mon malheureux flanc !
Songe qu'en ma fureur je puis tout entreprendre ;
Mais que vois-je.... Criton.... Que va-t-il nous
    apprendre !

SCENE IV.

Les mêmes.

CRITON, & les amis de Socrate.

CRITON.

AH ! quel fanglant tableau vient de frapper mes
    yeux !
C'en eft fait, Melitus.

XAMTIPE.
Il eft mort.

SOCRATE.
Juftes cieux !

CRITON.

J'errois près de ces murs à ma douleur en proye ,
Leur afpect redoubloit les pleurs où je me noye ;

J'apperçois ce barbare immobile, éperdu,
Il étoit à mes pieds dans la fange étendu.
Dès qu'il porte sur moi sa vue épouvantée,
Il frappe de son front la terre ensanglantée,
Se leve, & par des pleurs soulageant ses tourmens,
Il fait retentir l'air de ses rugissemens.
Le peuple qui l'entend, autour de lui s'arrête;
C'est par moi, nous dit-il, qu'on a proscrit sa tête.
Socrate est innocent, allez rompre ses fers,
Je ressens dans mon cœur tout le feu des enfers.
Il dit : en ce moment, vous eussiez vu son trouble,
Il s'arme d'un poignard, il se frappe, il redouble,
Il tombe. Je saisis le fer encor fumant;
Soudain.... ô désespoir, ô spectacle effrayant!
Je vois... Dieux, j'en frémis! Je vois sa main mourante,
Ouvrir avec effort sa blessure sanglante!
Et soulevant sa tête où se peint le trépas;
Son œil s'entrouvre, il meurt en me tendant les bras.

SOCRATE.

Ah, que tes châtimens, Dieu vengeur, sont terribles!
Quand la mort nous saisit dans ses bras invisibles,
Et du sein de la nuit nous traîne devant toi,
Qu'il est doux d'y porter un cœur exempt d'effroi!

XANTIPPE.

Ah! Criton, il pouvoit éviter, par la fuite,
Tous les maux que sa mort va traîner à sa suite.

CRITON.

Pouvez-vous préférer de mourir dans les fers ?

XANTIPPE.

Et nous laisser en butte aux plus honteux revers.

SOCRATE.

Athènes veut ma mort & doit être obéïe.

CRITON.

Vous servez Anitus, & non pas la Patrie ;
Vous servez l'ennemi, le Tiran de l'Etat,
Qu'enhardit aux forfaits un si lâche attentat.

SOCRATE.

Criton, si ce n'est point la crainte du supplice.
Mais l'amour des vertus qui vous fait fuir le vice,
Ce ne sont point des fers en ce jour d'effroi,
Qui doivent retenir Socrate ; c'est la loi.
Du bonheur de l'état, songez qu'elle est le gage,
Qu'elle est l'apui du foible & la régle du sage ;
Qu'à mes yeux satisfaits, plus je suis innocent,
Plus la loi me demande un cœur obéïssant.
C'est sa voix qui m'arrête, il me semble l'entendre :
« Aux discours d'un ami, garde toi de te rendre,
Socrate, dans ton cœur étouffe ton orgueil,
De l'humaine sagesse il est souvent l'écueil.
Pourquoi sauver tes jours, ils sont à ta patrie,
Ne peut-elle à son gré disposer de ta vie ?
Loin du champ de la mort détournois-tu tes pas,
Quand sur toi, jeune encor, elle étendoit son bras ?

Et tu veux aujourd'hui, quand sa main consolante
Borne le triste cours d'une vieillesse lente,
Malgré le Ciel & moi , fuir à pas chancelans ,
Et ternir en un jour l'éclat de soixante ans.
Malheur à toi ; malheur aux peuples qui s'exposent
A s'affranchir du joug que les loix leur imposent ;
L'audace alors s'unit avec l'impiété ,
Le crime rompt les nœuds de la société ;
Il n'est plus de vertu, d'honneur & de patrie ,
Et l'or est le dieu seul à qui l'on sacrifie.
Quoi , tu voudrois, du monde , inutile fardeau,
Végéter dans la honte au bord de ton tombeau ?
Fais plutôt de tes jours un noble sacrifice,
Le Ciel à tous tes vœux en sera plus propice ;
Offre lui tes enfans, il veillera sur eux ;
Il veillera sur toi , si tu fus vertueux.
Ton devoir, ton honneur, tout sert à te résoudre ;
La terre te condamne , & le Ciel va t'absoudre. »
Oui , Criton , mon esprit plein d'un espoir flatteur,
Semble entendre ces mots retentir dans mon cœur.

CRITON.

Ami , je ne sçaurois soutenir votre vue ,
Je vous fuis , trop d'horreur est ici répandue.
Sachez, si je ne puis changer l'arrêt du sort ,
Qu'on ne me verra pas survivre à votre mort.

SCENE V.

Les mêmes.

XANTIPE.

ENfans infortunés d'un pere plus barbare ,
Vous ignorez les maux que sa mort vous prépare ,
Il brave la nature , il est sourd à sa voix ,
Cependant il vous voit pour la derniere fois ;
Des chaînes & la mort sont donc la récompense
Que le Dieu qu'il adore accorde à l'innocence !

SOCRATE.

Ah ! Xantipe , arrêtez , ne vous aveuglez pas ,
Si vos yeux franchissoient les bornes du trépas ,
Vous verriez que le Dieu qui vous donna la vie ,
Vous fit , ainsi que moi , pour une autre patrie ;
Et que si sa bonté qui doit me rassurer ,
Eprouve ma vertu , c'est pour mieux l'épurer.
Je laisse entre vos mains & sous votre puissance ,
Ces gages précieux d'une sainte alliance :
Le Ciel & mes amis prendront soin de leur sort ;
Mettez-leur sous les yeux & ma vie & ma mort ;
Dites-leur qu'aux honneurs , ainsi qu'à la richesse ,
J'ai toujours préféré la vertu , la sagesse ;
Que le souverain bien , le suprême bonheur
N'est pas dans les plaisirs , mais dans la paix du coeur.

Qu'ils soient soumis au loix, qu'ils servent la patrie.
(*En voyant la coupe qu'on lui apporte.*)
Inspirez-leur sur-tout le mépris de la vie.
Il faut nous séparer, recevez mes adieux,
Epargnez le tableau de ma mort à vos yeux.
Approchez, mes enfans, embrassez votre pere.
Vivez unis, vivez soumis à votre mere.
Si leur oreille un jour étoit sourde à ta voix,
S'ils défioient ta foudre, & s'ils bravoient tes loix,
Dieu puissant, que sur eux ton bras s'apesantisse,
Ou que le repentir prévienne ta justice !
Allez.

XAMTIPE.

Non, je ne puis me séparer de toi,
Cruel ! & pourquoi donc veux-tu mourir sans moi ?
Après toi, cher époux, il m'est affreux de vivre,
Tu me trouves sans doute indigne de te suivre.
Pardonne mes erreurs & mes emportemens,
C'est moi, c'est ma fureur qui fit tous tes tourmens,
Tu dois les oublier, j'en suis assez punie,
(*Elle l'embrasse.*)
O lumière du jour que ne m'es-tu ravie !

SOCRATE.

Si vous m'aimez encor, vivez, séchez vos pleurs,
Xamtipe. Adieu. (*Socrate prend la coupe. Xamtipe veut
l'en empêcher.*)

Cremès, éloignez-la.
XAMTIPE *s'évanouissant.*

Je meurs !

SCENE VII.

SOCRATE, SES AMIS,
LE GEOLIER.

SOCRATE.

TOI qui lis dans mon cœur, exauce ma priére;
Accorde un heureux terme à mon heure dernière;
Mon ame pour jouir d'un bonheur éternel,
Va bientôt s'envoler dans ton sein paternel.

(Il boit.)

Quoi, loin de voir ma mort avec indifférence,
Vos cœurs sont abbattus! votre pitié m'offense.
Ah! rappellez à vous la vertu, la raison.
Quoi, Cremés, vous pleurez, & vous aussi, Platon?
O Ciel! Et que devient cette Philosophie,
Qui d'un œil dédaigneux vous faisoit voir la vie?
Apollodore, Hiles, vous me suivrez.

UN AMI.

Hélas!

SOCRATE.

Si vous vous affligez vous ne le croyez pas.
A quoi sert de gémir, de pleurer, de me plaindre;
Pour un cœur innocent la mort est-elle à craindre?

UN AMI.

Ah ! que nous fommes loin de rien craindre pour vous,
Socrate, en vous perdant nous ne plaignons que nous ;
Nous pleurons un malheur affreux, irréparable ,
Dont va nous accabler le Ciel impitoyable :
Comment agira-t'on pour vous après la mort ?

SOCRATE.

Ami croyez-vous donc me retrouver encor ?
Il ne reviendra point de fon erreur extrême ,
Il confondra toujours mon corps avec moi-même.
L'Étre qui vit en moi , qui proméne mes yeux ,
De la terre aux enfers & des enfers aux Cieux ,
Qu'éleve la vertu , que rabaiffe le crime ,
Que la honte épouvante & que la gloire anime ;
Qui par un noble inftinct luttant contre fes fers ,
Se trouve refferré dans ce vafte Univers ,
Et voit avec mépris fa dépouille mortelle ,
Pourroit-il fe diffoudre & périr avec elle ?
Non , cet Étre invifible eft defcendu du Ciel ;
Il reffemble à Dieu même , il doit être immortel.
Ami , foutenez-moi , mes membres s'affoibliffent ,
Mon corps s'apéfantit & mes génoux fléchiffent :
Je vais donc m'affranchir de mes foibles liens ;
Ne reprochez jamais ma mort aux Citoyens.
Vos mœurs feront le fort de la Philofophie ,
Et ce féra par vous qu'ils jugeront ma vie.
Je ne me foutiens plus. Qu'entens-je ?

Sidias

Et Criton qui vers nous précipitent leurs pas.

SCENE VIII & derniere.

Les mêmes.

(On ouvre les portes de la Prison.)

SIDIAS, CRITON, Peuple.

CRITON, *vivement & de loin.*

SOCRATE, le Sénat abjure sa sentence,
Anitus ne vit plus, il craignoit la vengeance.
Il fuyoit, mais le peuple enflammé de courroux,
Sur lui se précipite & l'abat sous ses coups.
(Criton & Sidias s'apperçoivent que Socrate va mourir;
Criton reste immobile.)

SIDIAS.

Je vous ai condamné, le repentir m'accable;
Vous étiez innocent.

SOCRATE.

Vous m'avez crû coupable.
Un Juge, au tribunal, oubliant jusqu'à soi,
Ne connoît que le Ciel, & ne suit que la loi.
Anitus est donc mort?

SIDIAS.

Comme un tigre farouche,
La rage dans le cœur, le blasphême à la bouche.

SOCRATE.

, que je te plains, malheureux Anitus !
evez-moi, Criton.

SIDIAS.

O regrets superflus !
O fureur ! ô remors ! ô monstre détestable !
Me pardonnerez-vous ce crime abominable.

SOCRATE.

Il ne l'est pas pour vous, calmez votre frayeur ;
Le mortel le plus juste est sujet à l'erreur.

SIDIAS.

O détestable erreur, aveuglement funeste !

SOCRATE *fait un effort pour se tenir debout.*
Je suis entre la terre & le séjour céleste,
Je sens que par degrés la mort s'avance.

CRITON.

Hélas !

SOCRATE.

Ami, n'est-ce pas-là la main de Sidias.

CRITON.

Oui.

SOCRATE, *la presse contre son cœur.*
La nuit à mes yeux dérobe la lumiere ;
Je ne vois plus. Criton, viens fermer ma paupière.
Un jour pur..... va bientôt.... chasser l'obscurité.....
Je fais..... le premier pas.... vers..... l'immortalité.

Fin du troisiéme & dernier Acte.

J'Ai lu, par ordre de Monseigneur le Chancelier, *La mort de Socrate, Tragédie,* & je crois qu'on peut en permettre l'impression A Paris ce 28 Mai 1763.

Signé, MARIN.